第36届青春诗会诗丛

花期

吴小虫 著

《诗刊》社 编

长江出版传媒
长江文艺出版社

吴小虫,1984年生于山西应县。2004年开始写作发表,成都文学院签约作家。曾在《诗刊》《人民文学》《扬子江诗刊》《文学港》《星星》等刊物发表组诗及随笔等。获《都市》年度诗人奖、河南首届大观文学奖等。诗集《一生此刻》入选2018年度21世纪文学之星丛书。现居成都。

目 录

第一辑 片段的活水

转身 003

腹诽 008

在洛阳博物馆或此时代,做一个怎样的诗人 010

人世,平安之夜 011

大象之死 013

等待 014

线性下坠研究 015

两个月亮 018

人世回荡,人 020

鲍照《行路难》之六 021

立夏书 023

序列 024

自习课 025

乙亥端午自咨 027

029　片段的活水

030　面馆儿

032　评价问题

034　橘子树下

037　枝头一滴

039　出口

041　影子的诗学

045　完整

046　雨夜

第二辑　花期

049　断章

050　立春

052　记丁酉七月二十八夜会兼示照源小牛二牛

054　香积诗草

058　过朝天门罗汉寺口占

059　磁器口宝轮寺

060　金佛山道歌

061　佛学院洞彻法师赠茶

062　花期

063　过泰安古寺

064　华岩

访冯玉祥旧居不得偶遇龙藏道观　065
怎样的苍凉如水，怎样的明月我心　066
夜抄《维摩诘经》　067
佛光无尽　068
日知录　071
寺中林间　073
寒山：诗歌与宗教的异同　075
蒙山大佛　077
浴佛节忆　080
昭觉寺饮茶　082

第三辑　成渝通信

孙家岩　085
星星沿着他的轨迹　088
眼角的余温留给青山　089
2016年12月3日片段　091
合川行　093
七月纪事　095
向雨田打听昌耀、海子　096
奉节返重庆路上，想起杜甫　097
成渝通信　099
为外婆和老狗旺旺写一首诗　101

103 强·悉达多

105 冷雨即景

106 想象一次公交上的纸质阅读

107 昨天记

109 寺中临荷有赠

111 读李调元《读祝芷塘德麟诗稿》

113 两个苹果

115 金牛古道

118 只有诗篇

第四辑　明亮的部分

127 回乡记

128 安居

129 2016年新春自题

130 热

131 贺步子刘静新婚

133 馈赠

135 杜甫

137 大叠水或九龙瀑布群

138 散怀抱

139 追逐

140 青城山的水为什么没有鱼

明亮的部分　141

处境　142

劝慰　143

清明前夕，地铁口见一残疾人声嘶力竭卖旧报纸　145

酬左兄中秋来访又启，次日作　146

夜行　147

与汉家吃河南烩面　149

妈妈　150

面具　151

三年一晃，重庆又见，再致梁师　152

每个人内心都有一个孩子　153

星辰的咏叹　154

第一辑

片段的活水

转 身

1

依我的性格与才地
就适合去山中做个野僧
和那些花草一样,无名
自然地生死。为一件事来
靠给死者守墓得几个零钱
为一件事去,常常
斜倚墓碑,喝到高兴处
敞胸露怀亲吻树的脖子

有往来之朋,一个死了老婆
一个,并不知过往经历
附近的山洞都去看过了
哪里兔子经常出没,哪里泉水
可洗濯耳朵、眼睛和心
最喜日出日落,盛大、壮丽
而经常无端透明隐身
怀想谁?长久凝望匍匐痛惜
内心轰响的唯一著名

但我现在还没有转身
侧耳倾听,人世的墙壁轻敲

2

就像去买袜子
总要在货架前挑很久
你弯下的腰弓起的背
因长久注视日常
无形之眼的冷淡阴影

而我受制于规则之爱
翻腾,奔涌,溅洒
想像杯子使劲儿摔碎自己
这才是一个人远离人群
露水中保持完整
映射——鸽子在房顶走动
门,轻轻就合上了

3

要原谅自己
一支放在盒子里的洞箫
在那一刻,盒子

不是事物的反面

谁如此愤怒,高贵
在另一刻变换着脸谱
我都早已看惯这个时代

夜里翻看旧书
还有梦。虚无感却来自
一次性快餐和纸巾,一次性的
全扔进了垃圾筐里

打碎怀抱。重新计算
祖国、山河、每一个人
对不起我们根本没有
——可能

看见袜子没洗
我还站在自己风雪的门外
等待推开进入

4

疫情过后,世界重新开始
每个人脸上长一副隐形口罩
方便卫生和拒绝怎么都行

暧昧的时代,怪不得
全球气温变暖
突然在某个时刻,给我们反击
茶饼一小块儿一小块儿地失落
冲泡,血

还没有真正警钟长鸣
至少在平素,为自己脸上贴金
"勇敢些——"
或许是自私换了种说法

嘴,性感的、歪斜的、厚的、薄的
神经系统直接反应
论语和道德经出自那里
为疗形枯和饕餮出自那里
我们,细脖大脑的肉身被灌满
欲望翻卷着

而古人的教诲正在林中空地
阳光,一缕青烟,梅花鹿抬头
静静地看着你
作为诗人,语言世界的存在
楼下一辆停着的轿车
正是通途和载其四位
生老病死。如果不懂得沉默及

沉默中的哀鸣
那审美的裤衩儿妖娆花哨

疫情过后,我也想做个转身
转眼春日将尽……

腹　诽

午饭后,铺开一张用过的纸的背面
空白还是
我在阳光探进腿来的阳台准备
写诗。
电脑坏了,正好回到那时
少年于高考教室的最后一排
把命运缓慢移接到了纸上

不知现实深浅,人性的
黑洞。翻抽屉找不到黑笔
随手拿了一支红色的写起来
和甫一见面就掏心掏肺
人形模样,体温冰凉
画地为牢,露出牙齿
世界为我所用,我在其中擦着皮鞋

大而无当的问题
有过什么历史性失去以及
转折的艰难,宇宙微尘
白癜风与意气风发春料峭
灾难之后尤其,对本身为何

为何啥子,淡而化之
况你是个顺序中的小弟弟

回到流水中,水中没有鱼
满是古人伟大的智慧和腹诽
咕嘟咕嘟咕嘟咕嘟
我都要笑场了,我的阴暗我的
卑鄙——
割去头颅并排坐在一起观看
鸟兽散后,空空的剧场

在洛阳博物馆或此时代，做一个怎样的诗人

即使时代的车轮碾我四分五裂
白的脑浆红的血肉
在漂白的变幻形式的容貌中
我——一颗心
火中有莲，水中倒映月亮
在万物中显影——

一个诗人，也有忘记和隔膜
园中培土、播种、浇水
于惊蛰的虫声中
一个诗人，无法逃避的
香烛过半、月晕渐清

万物中显影，记录迟缓的光
这瞬间有我们反复的生死
有难忘的事，流泪和高兴
但不要忘记为我合上眸子
我遗失在路上的鞋
在展示台前，寂静的回音

人世,平安之夜

肉体露出了自身的部分。
人给自己画了个圈
朋友们一起过个年吧
年这个野兽,已烤成宰割之羊

而只说着此时,溢出的欢乐
和啤酒泡沫的无言之深
当然那天我们还喝了玛卡酒
黄酒。左兄用一种教授的口吻
向我们介绍"当归"
余老师玮转身借来钳子后
步成文杰就一滴水和另一滴水
与小虫展开了一分三秒的辩论
无人能解的问号像倒悬之钩
(每个人都死在自己的小道)
甲甲呢?甲甲呢?
他又在微信上浇花种草
而词发是抒怀的,明年
他要在赤水之边等我们
至于桌上那个新娘和萌软二妹
是谁的谁就领回家

过年。遮掩不住的身后
鸟兽散后,月亮更明
照在缓缓流淌的江水中心
东山之上,那个闭关的苦行人

大象之死

草甸以绿,泉水以山
唐朝的驿站被稀释着
游人花 20 块钱就龙袍加身
一滴大海藏于瓶中
看天际白云朵朵风吹斜了柳枝条

张有梦不管这些,他要养活那个小家
三十年老妻埋于地下
二更天左腿预感阴沉
垂垂老却并无形象,延残喘仿佛等待

身处其中的意思,每个人都参与了
大象之死
如何在茶歇中思乱离,刀枪入库
思流血,见清澈以为是清澈
能被伤害的,也只有对等之此身

且上仙女山
且在天坑地缝

等 待

就是抬眼去看门外卖水果的小贩
中年。被自己所困
鲜艳的桃子、亮丽的橘子和西瓜
仿佛全都是他的孩子
围着他坐,听他讲沉默的故事

他似乎有些尴尬,路来路过
不时从口袋里掏出装钱的包包
之后又数第二遍
而他撑开的塑料袋灌满了晚风
有人东捡西捡,直起身走了

我承认自己不是情色
然确实看到的是几个屁股
买水果的人背对着我,使我认为
那就是众生的脸,两瓣,毫毛若干
以及因屎尿而悲伤流泪的大雨

线性下坠研究

要睡觉,似乎每天都睡不够
要吃早饭,走三公里的路
为了锻炼身体,也为了一杯上好的
豆浆。老板是一对中年夫妻
常常不会算账,但人实在
挪动着希望将来怎样怎样的人生
包子有酱肉和鲜肉的
"这和杀人没什么两样
只不过是生命的不同形式"
但千万不要让他们觉醒
否则整条小吃街都是操起手来
仰望星空的哲学家
那个时候到处都是饥饿之人
于是就啃汽车,啃楼房
见什么啃什么不亦快哉
要返回去,快到办公室时
发现钥匙放在早点摊儿了
这次偶然的事件使我及早发现
老年痴呆的前兆,但幸好吴炯
宽慰我说活着就是个熟练工
我需要去辨别这个世界的善与恶吗

我需要去分清颜色中的红与黑吗
总是被打断，在9点整开始工作
此后几个小时可以不计
为了糊口的，想着每月保险和房贷
想着欲望之蛙能否跳过油锅
站在菩萨的一面
要去兼职上课，以前路过荷花
啊，啊，啊，啊啊啊啊
现在亭亭玉立初长成而不转一眼
要走很远的路，来回三小时
坐10站地到轻轨，轻轨坐5站
转另一条线，另一条线坐1站
似乎所有的人都挤向城市
把老父亲和母亲留在了故乡
他们无人照看，却长成你夜里回家的
灯笼——在北方的寒风中摇摆
颀长的影子，是后悔了的魂魄
再打车去目的地，8块
司机往返于交通不便的盲区
每一个人都值得尊敬
每一个，都是你未识的至亲
有时斤斤计较，这轰隆隆的机器
运转带上蚂蚁的人
有时也会驴一样不往前走
问活着的究竟，是个，什么，

意思。后来就天黑了
拖着疲惫的轻松的小算盘的
而失去从来忽略不计
是的，要喝酒，要吃宵夜
要在那里磨蹭很久
要铺床要洗漱要在临睡前刷微博
（要写诗）

两个月亮

33岁下半,始知渺小义
知道诗的不可能和将心用心

而前人很坏,只留下话头
我想,我能够告诉你的
也就是少食不会生病
多虑定会烦恼——

这符合诗的规则,又在诗之外
符合此刻蛐蛐儿的鸣叫
和天地有两个月亮

欣喜,月末
志宏老师将从太原来,我爱的长者
谁能知道,一滴水给过另一滴
以恩泽
以德,先化为意后化为象

背抄小手,斜戳着腿
微笑。

而我的遗憾漏洞百出
比如,情急中骂了一个卖花的
挺烦的中年妇女
我也一直是她

享受着天地间两个月亮
并且希望太阳不要太早落山

人世回荡,人

渺小的含义,或许是距离
天上星星冷眼
热肠亦在奔腾江水

我想起那年冬天,和几个朋友
在嘉陵江边,瑟缩着
整个河床裸露了出来

没有直接返回,水边的岩石
虽然被磨平,光滑
死,也是质地坚硬的暮色

立于其上,站立良久
负托着同样低缓
而热望,正从雪山向上堆积

擅长于戏谑、同样的流淌
一个朋友正是洞见
"江水永不改其容色"

鲍照《行路难》之六

满桌子的佳肴美酒,竟然毫无胃口
我和案几像两个互相怄气的
最后我怄不过它,起身拔剑
却只能击打在窗外的柱子上
柱子,为我发出声声的叹息

天地生我,父母养我
七尺男儿从这个门进去又从那个门
出来,晋北方言把这个叫"打出逛进"
转眼已而立,有时也会摸着脑袋想想
一生,还有多少时间呢

小碎步行走,低头颔首
河流因逼仄小道而成为小溪
鹏鸟因绳索缚手而垂下羽翼
猎物竟然再也没有阴影的面积
像一张网撒下

现在我是猎物。紧抓着的只能放下
做出一种松弛的状态
回到食与睡,回到血与水

早上沿着蒿草掩埋的小径
蒿草在傍晚为小径仰起头来

圣贤都有根又细又脏的尾巴
拖着地走居然也成了一种时尚
我是不知不觉长了这条尾巴
就姑且在叹息的烟中体会一下他们
我还有个同样境遇的堂弟，叫孤直

立夏书

永恒消失了。
我和王步成坐在石坪桥一家
鱼火锅的店里
外面暴雨如注,从未有过的
像此刻内心
漂浮的花椒海椒,地沟油
却一直没怎么动筷子
说起几年前,少年骑在马背
那时他还叫西北步子
如今肩负奶粉房贷
在老妈和媳妇儿间走钢丝
"这也是个永恒的谜题"
一切走向我们的,我们也走向
他们。一切的向上
终归向下且呈失重
那天是立夏,我俩没有喝酒
苍茫中望向这个城市
依然像一只井底之蛙
而命运感,就在水洼处荡漾
有人不小心踩住,溅湿了他的
鞋子。

序　列

石头老师我心：
你是不是现在也名利了
志宏老人我身：
切切，眼前事与终身事
杂事以及无关紧要事

论及处世的智慧
月亮在脸盆中自性的圆满
我的一双红色耐克高仿
鞋底有稍微的裂痕

猫，黑猫。踩过键盘
各自的时空紧挨一起
需要温暖只是
都有一颗跳动的

我满脸通红，竟都答不上来
仿佛为了绳子完结
再一次次沉入水底
父辈那寒冷北方生活
冰层裂开，闪电花纹

自习课

我感觉一首诗在我的意念中走动
枯坐半晌,也没找到她的手或衣角
如我硬要呈之以形,傻木匠
一地木屑总是有多余的我的脂肪

现在,我掏出她的心:反对自己!
春风不薄意,乌云轰隆隆
老猪睡大觉,今天天真冷
混在人群中的,谁知道前因啊后果
在隐隐地随着尘土和喇叭坠落
你的门牙闪亮,真亮
挖土机在屁股上剃羊毛
有可能吊死在词语的狂欢啤酒

桃酥。约定俗成的称呼,水顺流而下
不可能称之为下流或者
我买了六块钱的捏在手上总觉
掉一分颜色多两分赞美分崩离析处
正是高糖高脂的自然灾害

永远二手的思想,在这个坑槽中

有个自称孟老师的加我微信来自重庆
现代诗似乎只能晦涩，而我
又意识到日日勤勉身亦有影
遂放弃焰火而拿起杯子敲了三下

乙亥端午自咨

有许多一个人的时刻，充盈枯竭
早晨，相视美好却在大慈寺站提前下车
是歌颂此刻还是做个旧人
是大慈寺壁画有各种如来佛像 1215 幅
抑或最好我们从未出生

我愿在这种一个人的时刻静坐
流水终将漫过黄土黄土正埋着一代人
身处其中，终将目送欢乐的时辰
泪水充盈枯竭闪耀在夜里清晨的莲花
山间的一缕清风

一切都会变得温润起来，这来自流水
以及山峦的静静凝视来自
天空的云朵大地手掌身躯头颅的托负
安睡，梦幻，龙口含宝珠飞舞盘旋
夹缝中的枯草返青正过悲欣的一生

才有了我在端午节独自向隅难得的
深一脚浅一脚的际遇，用了整个上午
想了想过去所作种种不是与忏悔

明了明以后所为,香草与海棠
才又回到这烟火的正午人间

片段的活水

在搜索引擎上,键入"缙云山金果园"
几乎,都是,清一色的导游广告
以及不痛不痒的吃喝玩乐
我也是听了70多岁的老太胡泽惠闲聊
去年国庆,金秋十月
嘉陵江水深蓝、浅蓝?裤腰带蜿蜒
在一片广柑林下,在一排排沉睡者的墓前

我觉得我有点历史感了,历史的灰尘
总在夜晚的灯下被弹起,不停打喷嚏
如果诗歌只能告诉我们当下,也是种折断的
失去。总有古塔下的看门人出来倒水
总有破庙晒着冬天暖阳的尼姑
并不讲述,角落残雪,柱子刻痕
你朝那口枯井凝视如果,片段的活水
就是过去、现在和未来

面馆儿

路过一家面馆,像路过一家小庙
十多个平方的空间,摆着四张长桌
然你想表达什么?小庙早已坍塌
和尚无奈还俗,灰色的时日,供销社中
破旧的小床边放着本《维摩诘经》

我是去年冬日进去的这家小店,
却一直并未进入去年冬日,小店等待着
男主人把面条捞好,盛大的云朵也悄悄
挤在碗里,配之以杂酱、香菜
然我一直,确实,并未进入去年冬日

又是谁在仓皇的词语中四处觅食
成都的冬天,老鼠从省图出来,红绿灯
过到对面马路,沉默且低头
又是谁在一首诗中置入整条街景
它妨碍我们看到自己的心

这只是一个过程,宏伟建筑之必然
采摘樱桃符合伦理的想象
你就是那只老鼠不然,在时空中无法变身

而进来坐下,等待着
坍塌的小庙却传来缭绕的梵音

肚腹千秋,正中下怀
苏东坡抚须刚吟就新篇月圆也弯
关二爷提刀立斩决强贼酒温更烈
我付了钱后,扫码青桔单车
往另一条路走去

评价问题

作为编辑,我现在也装模作样
接受别人称我为老师,偶尔为别人看诗
但其实,写作多年
一个自我教育者,现在正从水中漂起

在没有女性引领,不断上升的"中"
无异于吊打的乜斜,还谓之青山白眼
稍稍沉吟,略微,斟酌词句
"你的这组诗……"
我先是说到了一些词语,带着尘世
赋予他们的含义,这可能会引起人
与万物的,一些

到底是顺从肉体抑或,精神自戕
但其实,在肉体的空间
我往往跟随流水,像酒后的次日
突然正经起来,"但也存在一些问题"
大体不同悲的问题
一加一不是只有等于二的问题
后浪崛起,前浪如何完成自我的问题

时代消解又郁结在心,任鞋中热气
落灰——
"你要相信我的判断……
不,相信自己,你之所是"

橘子树下

1

橘子树下,我为耿占春拍了一张
他正在剥一个橘子
对着镜头,轻轻微笑

我或许可以理解这种风度
在经过了岁月的风霜
天命,成了一个诗人的追问

漫漫黄土,衣衫褴褛依仗
身后的长河远去
只有眼睛紧紧不舍

橘子树下,我按下快门的瞬间
看到他变成了一个橘子
在另一个人手中剥着

2

诗要如何来写？我现在更迷恋
远景的山水画，起伏苍茫
我想在那里，一定住着很多人
很多的牛羊和草木
和日月一起，共同呼吸着

当然如果我在这画中
我就是饮茶的桌案上的香炉
随手扔弃的一个苹果
在小雪的节气，染霜萎缩
顺着北风来到第二年

万物皆灵，在人的大地上
我感到叶子和叶子交颈
一只瘦鸟想飞回故乡的冲动
包括被吃掉孩子的鼹鼠
它在等待明日的复仇

3

所以在橘子树下，我为耿占春又拍了
第二张。他剥橘子的手

和镜头中的微笑,都没有变

此时时间开始流动,为我们忙碌的
云峰书屋龙老师忽然变成了青年
我在1984年的晋北,发出第一声啼哭

我的父母沿着他们的道路
而我从前世的死亡中醒来
从山西走到陕西,最后到达重庆

多么富有启示,原来对生命的恃护
就是弯下腰来注视
而橘子树下,而星空之下

枝头一滴

每到春秋,吴小虫这人
就要犯过敏性鼻炎
一切要依靠自我发现
没有谁告诉他,很多世以前
为了让孩子高兴
用牙签儿堵住了鲤鱼的鼻孔
他的诗也经常容易词语浓密
并发出哼哼的声音
当然,在7岁那年
他爬上杨树捕捉天牛
也不知道天牛的两根触角后来
长到了他的头上
无所谓此生形状,要成为
石头或驴?冥冥中认领了牌子
就像我的母亲化为泥土
——其中之不可思议
某年她又出现在我面前
——一只蛤蟆(我天生害怕此类)
今年,在北碚缙云山农场
竟是雨后枝头一滴
不想她了,对于死亡

只有自私和恐惧我们
而陆游在嘉州（乐山）想着蜀州（崇州）
羁怀付酒，东湖吏隐
这小小的愁绪，正等待
我边吸溜鼻子边念诵抄写其诗
沙盘子减轻

出　口

我需要穿过一条地下通道
一只脚撑地，在青桔单车犹豫。
我的屁股，稳坐那个车座
从另一面制造着三角的美学形态！

但别，我需要一条自己的地下通道
观察了很久，并没有自行车
钻入钻出的汽车排着尾气，轻松
符合城市的图景与伦理

我必须要穿过她到达另一条街
俯冲而下，轮子和闸节律性地
在通道中央，幻觉的河水浮起
使我在汽车的旁边越走越慢

宽敞大道，属于你的只靠墙而行
这不是说我需要一辆汽车
努力踩着脚蹬，后背一下湿透
仿佛来自外星球，渺小，不堪一击

不能说那是屈辱，我要穿过的

气急败坏竟乃身上新裹棉衣
我要裸体,我要裸体骑着单车
出现在寒冬地下通道的光明出口

影子的诗学

1

迎面走来的摩登女郎
我的衣服开始为她飘动
我的血液朝着她流淌
鼻子为她抽响
耳朵集中精神倾听
她正轻盈走来,我意识到
不能去做具体的描述

天色已晚,道路熙攘
我只是走在路边
脑中也并没想着什么
一会儿,我将和朋友会合
但她走来,她的衣着外貌
她的妆彩色浓,
她身形中散发出来的
你也在第六感中跃起捕捉

而我同时深知

加上那个在垃圾堆翻检
伛偻的瘦小老太
才是真正的迎面而来女郎
才会在擦肩而过的瞬间
喜欢她

2

现在,我为一只蝉悼念
就躺在我的办公桌上
桌上的台灯板。照着它的尸体

我至今未安葬它,为了
逝去的狂热的夏天
为了不可能的爱和坚持

就是那么一瞬,你隐约明白
嘴巴掏空了
徒剩一堆瓜子的残骸

呈自然分布的图案
却是产卵、土中吸食植物汁液
蜕皮、牢牢挂在树上

却是鸣叫吸引异性交媾

你来啊你来啊
双双从树上做自由落体

而那声音让我以为是音乐
跟随摆动,一起穿过它们
想飞走而排泄的雨林

螳螂安在与?黄雀安在哉!
最后活下来的
不过是快要熄灭的火堆

而我们赞叹这种胜利
颤颤巍巍做一个V字手势
来生,是否会再相遇?

2.1

"欲"字筹码的天平
是这个字的颜色在加深
云也变得浓重

有人在另一端
先让自己清澈起来
茹素
独身

青灯

3

有一次我乘轻轨过长江
在中间的停靠站上来一女子
我羞于看她
而在玻璃的反射中
刚好能仔细地欣赏

随着列车的驶进
有人到站了,有人上来
她的反射的影子
在一晃一晃中消失又复现

不得不承认
我交会的只是玻璃反射中的
影子
这些显示的两个空间
让我的肉体有了永远的空虚

那又是谁
在另一个世界向我自己投射
作为影子,今夜
并没有一杯酒相对举起

完　整

我觉得这事关乎自我完整
半年来，头一次和同室一起乘车回家
做饭，煮挂面，吃得半截八头
饭后一起嗑瓜子儿，喝茶
头一次和老姨视频聊天
时间太快，转眼又一茬人
乔建的儿子已 9 岁了
杨仁忠的儿子，那个大眼睛长睫毛
找到了一个铁饭碗
二妗前不久刚出院，亲戚们
不约而同装不知道……
老姨说因为前些年欠债太多
导致姨弟精神失常
"一切对我来说都没意义了"
后来转换话题，说过年见见

我的正在读的东西一直搁在桌上
我的书生的清冷半圆，今晚对应延伸了
一下

雨 夜

"人首先是生活层面的"
然后才是精神,蝴蝶
羽化失败

诗的命运就在这里
一部分人把一生装进一个词
把肉身留给潦草的

雨夜。隔壁情侣
在凌晨三点
螺旋地上升,你于水上写字

带着远处的消息

第二辑

花 期

断 章

法尚应舍
人应爱人

立 春

阳光和煦,仿佛爱情
其时我正在电脑上
为一尊残破的佛像
辨认其建塑年代和隐约旧事
喜欢吃大葱的匠人
有一个得了麻风病的老婆
他的心上,针孔似的黑点
正与世纪肚脐处生起的脓包
对应
他无所用心,正如以无所得
凿、挖、剜、刻
而时间以"厄"
后来他双目失明
和冬天同归于尽
这些都是我杜撰的
有那么一刻,我进入了另外的
有什么东西在我身上醒来
我给她发微信:
"观音院中,翠鸟鸣叫
得于初遇,梦幻同真"
将迈步——

"佛像的残破正在于残破
这是，我们本来的面目"
有歌声响起，一位来念佛的老太
为窗外笼子里的兔子
唱起了轻快儿歌

记丁酉七月二十八夜会兼示照源小牛二牛

也许我该写明：2017 年 9 月 18 日夜
与照源、小牛、二牛东躺西歪
适明月清风，杯盘狼藉

一直在管中活着
却谈净土阿弥陀
谈长久注视观音像
就不会堕入恶趣

也喝酒吃肉
谈寺里某个疯癫僧
时代之思弦，理解他太难

兴之所至，不免风雅
发现此刻正在活着就连拍胀腹
谨小慎微啊
你伤害的何止良辰美景

鸟兽散，抬头雨落千家
落在人皮面孔，眼镜沾晨露

不睡挑灯夜读破山祖
棒喝明

香积诗草

在香积寺山门前蹲吃面皮自谑

这个少年,有些调皮
端个大碗,筷子挑起
可知背后净土否——
"老板再来一份"

喝佛打祖,原是家门
天上地下,一团春风
可知回身跪拜否——
"彦明老四赶快拍"

算了禅净本一心
只是花开各半边
枯荷乃生命之结束?
美啊,在苍凉中盛开

且随他去,去复再来
掏出几块,结了账据
他还想去看对面的市集

他还想去喝上好的西凤

善导塔

1

大师久无恙,塔中岁月长。
小子初学诗,性野带疏狂。
右绕三匝走,疾步莫思量。
涅槃此盛事,自是功德场。

那些个装模作样
那些个附庸风雅
那些个别做他法
都在一声阿弥陀
在寺门瘫坐婆婆的乞讨中

溃散!

2

善与人同,人与谁同
就这样在内心跪着,花朵飘落下来
先是注意到自身
我是谁,怎么会来到这里
我直立行走的四肢

衣服遮护的毛发中念头多少
"念去去千里烟波"
休想，在文字的境界沉堕

无尽长夜，正是知道
过多的语言只会让鸟儿愤怒
那一刻天是什么样的天
散落在角落的唐代
石刻经幢前王维和小贩曾站立
必须怀着巨大的
你看见我独眼青冢
触摸残碑，归于自身

凝　视
——山寺门前的乞讨婆婆

不是高低，而是山
不是盈虚，而是月
不是古今，而是寺
不是贫富，而是业

你所看到的未必真实
也许她是为表法而来

不是道德，而是知

不是灾难,而是恶
不是技艺,而是心
不是爱情,而是悲

你所看到的是事实
黄色胶鞋,卷起裤腿
一顶草帽与衰颜

她是在向我们乞讨吗
合掌的瞬间向着天

过朝天门罗汉寺口占

罗汉寺掩映在
人世的不断扩张中

越缩越小,小成一颗
只有五百罗汉的药丸

磁器口宝轮寺

她在山上
把台阶铺到了闹市
她在江边
镇守着水妖

曾经绵延数里
香火蔽天
如今只剩一颗
心

无论文殊殿还是观音殿
跪下去
只能朝向西方

东南角的蜡梅开了
一个说浓香扑鼻
一个说未曾有鼻

金佛山道歌

山高人迹少,神仙隐其中
鬼怪做市集,不屑尘间秽
俯瞰平地波澜起
你长他短我完美

碌碌忙忙吴姓人
刚才还乃琐碎一针尖儿
"知道你,不知道你
依然要忍受自身之存在"

刚才还是山野村夫
顷刻披挂袈裟手持法器
香烛中你是一链环啊
我们是一链环啊

一杯茶让嘴唇记得
其余皆茫茫

佛学院洞彻法师赠茶

七步荷塘里的四月初莲
自己走着来我们这里坐了
一见面,便说到了本质
——无垢也无净的
之后便是作为洞彻法师
携带着泥水、飞虫、照影
来我们这里坐了
某天,早晨中的梳子
我在窗外顺着水流而下
她喊了一声,手中
这使后来的谈话氤氲
复忆起高山之为茶树
茶之为人,人之为养
意念中的山河晴翠,古寺
也是新寺,要清澈以对
放在茶几上哪怕,是一只猫客

花 期

四月里发生的事
先是,池塘里莲叶初成
某天早上,去晾晒衣服
高高的树下,鸣蝉
开始了一生的吟唱
之后又听到布谷
散布好消息的俊美角色
谷子就要从大地长出来

而门前玉兰,朝着阳光的
大朵大朵,先期开放有三
风中摇曳,雨中静垂
无须问其他花何时
同是一棵树上,组成了
静静站立的黄昏

过泰安古寺

红尘和世外的界限在哪
泰安,就在一条美食街对面
古寺,已焕然一新
贸然到访,带着挑剔的眼光
不知震后余生的泪光成为琥珀
问一个和尚卫生间
答曰寺门外
满脸的不相信,就像
不相信自己曾在寺五年
太新了,似乎柱上的油漆还未干
这并非温馨提示
文化中的显隐使人头疼
未走完就折返,阁楼角落
一只狗狗的安然蜷曲
使我确认,我之对旧事之谵妄

华 岩

也许窗外的准提看书生可怜
一阵风带他想去的梦境

大雨中水泡破灭
所写下的,用来抒怀和度日

起床第一件事
去倒尿盆子

访冯玉祥旧居不得偶遇龙藏道观

刚跨入龙泉洞门槛
我就有了便意。四处问卫生间
答曰在道观外
我慌张且神色窘迫的青年岁月
似乎在这里有了个交待
依山而建，半腰子上
临江而望，深度近视
拜过玉皇殿，再拜三清殿
心里念叨着，转又掏零钱
观察肩挑两筐煤块的男人留下的深沉脚印
讨论财神的塑像为什么总开口笑
在顶层楼阁的过道想象孤寂的阅读样子
转角处忽看见一个露出发髻的道士正吃饭
噫嘻呜哉！
随风飘摇的两个幡大吉祥
明白如话的一副联有点深
直到和门上的虎头相撞起个包包
发现我们是从山上后门进来的
而这里，才是蜿蜒而上，才是
匍匐而行，尘世进入的路途

怎样的苍凉如水,怎样的明月我心

硬着头皮走了三十三里后
接下来,还要硬着头皮走

午夜始照见,美德如此缺乏
(美德只能缺乏)照耀

像羞耻被荡开又收拢,终究
浓得化不开的词语

人生坐上了蹦蹦车
有时千万不能想太多

我意识到了过往日子的徒劳
微微在额头沁出汗水

夜抄《维摩诘经》

如果可以，我的一生
就愿在抄写的过程中
在这些字词
当我抬头，已是白发苍苍
我的一生，在一滴露水已经够了
灵魂的饱满、舒展
北风卷地，白草折断
我的一生，将在漫天的星斗
引来地上的流水
在潦草漫漶的字体
等无心的牧童于草地中辨认
或者不等，高山几何
尘埃几重，人在闹市中笑
在梦中醒来——
我的一生已经漂浮起来
进入黑暗的关口
而此刻停笔，听着虫鸣

佛光无尽
——弗利尔一九一〇年龙门纪行

1

"可我们还得回到喧嚣的人世"
小心,翼翼
这一生如何盛放
星星,点点
寺庙和墓群,黑

2

"有意思的,
它们体现了清代艺术的弱点"
侧耳倾听陶罐
从内壁发出
哭哭的声音

3

"紧挨主佛的

表情庄严的削发人物
左边一位,双手合十
右边一位双手各持一物
两人中的一位
似乎年纪要大一些"
是的,开始他们叫
迦叶与阿难
后来,就与你的描述
一模一样

4

"他护卫的是思想
而不是人类"
他是出于怜悯
而成了石刻

5

"副官的军队规模不大
有四十人左右。
他坐着蓝色轿椅
由十二名轿夫抬着"
尘土飞扬,其中有我往世的

父亲

他还在自己的漩涡中

日知录

我身边的善事越来越多
上周,法师们从华岩出发
踩着天上的星星
行脚到南川金佛山
路上早晚课,途中餐宿眠。
隔壁的念佛堂
每逢初九、十九、二十九
那些白发苍苍的婆婆
长夜不休,佛号
到天亮时才让它落地。
中午吃饭时,看见一位师兄
在扫着广玉兰树下的落叶
今年她们开得并不好
人世太匆忙,我只在某个夜里
闻过她们的花香
那位师兄安静地扫着
她甚至比落叶更安静
这些,已足够我时时感恩
用活着去架一座小桥
但我得提防内心的嗔恨
管好自己的嘴巴和身体

而这个,同样需要付诸我一生的努力

寺中林间

那些缠绕就不要去管了
你就沿着这早晨的林间
清新和翠绿地走去
这才是通往你生命的道路

桥边一片荷叶上的死鱼
她的身体已经僵硬
你会觉得即便还活着
也不是多么高兴的事

你微笑是出于礼貌
谈话是为了沟通
见过你青灯独坐的样子
正好与周遭平行

还没学会空中抓物
没学会寂寂中泯然一笑
所有的反对是肉体的反对
你才走到这林间了

而正是这林间的温柔

你获得了重生的机会
继续往深处走去吧
不妨吹起口哨

寒山：诗歌与宗教的异同

1

我不知道一个人哪来那么多的
自鸣得意、优越和盲目的自信
我只知道我千疮百孔的自身
无法在大家面前美丽地绽开

2

在这个世上，我活着
然而再也不愿暴露思想和行踪
我写诗句，聊以抒怀
再把她们丢弃
我活着活我的命，香烛燃烧成灰
我与所有的生命同在
有时吃掉土豆，再栽培上青椒
我会化作清风看着你们
在没有死之前，我默默冥想
如同日后，你们在天台山遥望

3

我问拾得：世间
谤我欺我辱我笑我轻我贱我恶我骗我
如何处治乎？

拾得哈哈大笑：
"一切皆空"

蒙山大佛

1

关于蒙山大佛,我已去过几回
每次去后的感觉,都和上次不同
这不同之处,是嬉笑之脸,渐次
变得严肃、肃穆,仿佛看见前世
许多世的我,我就再也没有心情
好好地游玩了。我来蒙山大佛
在寺底村,前来的游人与僧侣
他们的前世也被我看见,恩恩怨怨
勾勾连连,在此刻擦肩而过
而自然的面庞过于稀薄,她必须以一棵
小草或者草上的绿,她必须让人
压低了声音,最好沉默,并融入
有限的无限,在那里,我们才能
得到救赎或者脱离轮回,才能
再次与佛晤面,净心——
下山的路走得好快呀,这让人想起
上山的路非常艰难,想起
那么多工匠,唐高宗和武则天

"放五色光,流照崖岩,洞烛山川"
但佛像的"埋没"不能简单归于
应该还有时光,所以当一名叫李晋祥的老人
发现了大佛的遗痕,我们得以重新
找到许多世的自己,已没有泪水
只恁风吹着此世之身,回头望
有天我们还会相伴前来

2

山鬼在远处看着游人,它们羡慕人的肉身
而人在羡慕,那个商人打扮的中年
路旁卖山楂的老太可不羡慕那些,她一边与歇脚的人
聊天,一边擦拭着她的山楂,纯绿色食品,无农药
买与不买,我都住在山的那边,每天来,每天
瞻仰佛的面容,有时烧香,把卖山楂的钱
一半投进功德箱,一半用于生活燃用。外面
那些要成功的信念与我早已没有关系,我身披粗布
依然感觉此生富有。我是最早看到春芽的人
我是最后看着枯叶蜷曲,把自己交给大地的人
那隐藏着的野兔、地鼠、灰灰蛇,你们知道
土地爷和山神如此眷顾我们,因此我和佛祖一样
时常低着头颅做事,并不去看谁来光顾我的山楂
我知道即使那道旁的小树以及满山满山的花草

她们都心怀大愿,要在佛的面前停下来
要枯了又绿绿了又枯,抵达生命的般若

浴佛节忆

隐秘的情感——
或者在吃饭时,端上来钵钵鸡
却盯着一旁今年初夏的腿看
我能去哪里诉说?
华岩的道坚长老发来浴佛祝福
那一刻他内心无限敞开
迎接佛菩萨是日龙天欢喜

印象中几度,大雄宝殿前
虔诚伏地都相信这举手沐洒的仪式
净化自身而烈日当头长长排队
"下一个到我了"——
除去出生的蒙昧和死亡的无觉
手持木勺,盛香汤,佛顶浇灌而下
一观想现受富乐无病延年
二持号亲友眷属悉皆安稳
三发愿众生所求无不遂意
合掌,转身,仿佛去找队伍的最后
再次排上,形成的圆
正是旋转上升犹如白莲花盛开
对浊陋的金刚隔离

因苦疫而庙子山门继续紧闭
三角梅和变化中的险滩波澜
一个重重的趔趄，但世间的可能不只
一种正如世间的诗不只一种
我心不安，我心记录
我心，变作一个小野兽
对着山巅呼喊这岩石渗透的水滴

昭觉寺饮茶

昭觉寺的茶歇,多像一段
往事。
许多人闲坐那里,读报,看手机
暮色在青翠的汤色中逼近

实际上,写诗与自我完整
出行与舒经活血,为何
在大雄的注视中生出存在之过患
就像一路寻访
两个年轻人,其中一个指了反向
另一个也无法逃脱虚空的指责

一闪而逝的三十年,依然无知
应手接着红烧茄子,然后端给同桌的
陌生人。

谢谢妈妈,隐秘中享有深情
质地坚硬地咬合,齿轮转着齿轮
我能步行走回出生地

第三辑

成渝通信

孙家岩

昨日坐车,路过孙家岩
才将这个地名确认
几年前我从这里上车
坐反一次,转车一次
在庙中待到了现在

我记得我的放逐
买菜时听不懂本地口音
头上的触须变为天线
接收一个棒棒的哈麻批
两块一罐的山城啤酒
深夜查身份证,翌日楼下
一个无端的坠楼者

我记得我的无心
每逢周末集市,保留红泥土
与旧日子的气息
第一次见到了奉节橙子
梦中竟有少许明媚
我的倾斜和端正
一次来源于洗头女

一次来源于地藏

和关于名相这些问题
在寒窗中体会"伏波"
伏波将军马援与江公、土神
增修殿宇,崇祀昭烈
巴适兮,洪城老火锅
安逸兮,万州人家菜馆

渐重的云的身体
你看我在世出世间
自求其穴,崇高抑或堕落
需查看晚明的天气表
况词语破碎之处
正是机锋乍现
五彩的星星环绕
我只是要去往另一个地方

但什么使你陷入两难境地
你吃了一碗抄手
又吃了一碗抄手
总共吃了三碗
精准地重叠,那个在楼梯口
贴广告的老人浮现

并未进入我的生活
他存在着,以及另外一些影子
忽然战栗,被抛入无垠
相信抱紧赤铜火柱
就是抱紧了此岸与彼岸

星星沿着他的轨迹

一座木塔从西街 37 号移到了心中。
老爸,你病了,已输液三天
等车的我只能劝你好好休养
我被我刮起的暴风所席卷
沙石、坚持、口痰和疾患
这是我卑微的,活下去的理由
以现实中的小人、寡情者
以一个购买者走进新世纪超市
两罐啤酒一盒鸡翅
结束这盲目的一天徒劳的一天
而夜晚的死者拧开了水龙头
我被我的幻觉所指引
打开门径直走向花园的深处
老爸,我只能说下月回去看你
命运的天平需要一再打翻
虽然我爱你、怜惜你
虽然,星星只是沿着他的轨迹

眼角的余温留给青山

1

宋石头来重庆
我带他去了大足石刻
还去了磁器口
我们在江边望了望
他一直吃素

宋石头在重庆
拜了佛陀观音文殊普贤地藏和弥勒
华岩洞口、步云桥上
七步荷塘的石凳
一个梦——

正是某夜的待漏山
扫着落叶的春秋和夏冬
一个厚实
一个婆妈
正是某夜的房上之瓦
掉落成池塘待开的荷花

我说石头老师啊
我说石头老师啊
他注意着我身后的小鱼
反应过来说：嗯?！

2

我们只是走得累了
就在七步荷塘边的石凳坐下
人间的是非还在旋转
你眼角的余温留给了对面青山
那青山已快看不见，后年
一条轻轨将从这里穿过
这正是时代的暗夜
生命都在双腿打战
不往前走了，前面什么也没有
这石桌上一半盛放着八面来风
一半正慢慢呈现

2016年12月3日片段

1

午后的阳光和煦
使我成为片刻的海洋

我又将这些光
投射给了三个孩子

2

下午三点三十,我知道
一天已提前结束

去步成家里做饭
双脚长了意义的轮子

(无聊,无聊啊
枯水河床,正是梦醒)

清冷冬日,

紧挨着的蛋黄之心

3

没有太多想这个世界
在车上竟然睡着了

昏暗的颠簸
仿佛再次孕育母体中

合川行

去合川,自带三千问
我们从杨家坪坐到北碚
又从北碚汽车站转车
中间买了两瓶脉动,上了一次
卫生间
那天阳光很好,步子很好
后来他就把那天的自己
做成微信头像
马娟很好,她表妹蒋丹的画很好
她们的故乡三峡巫溪
我曾于其上泛舟
暂时忘记过世界,江水淹没我
使一个诗人上升
来到合川就像来到自己的心脏
左兄在这里孤独地跳动着
他诗篇中词语的光芒
照破层层乌云,他美丽的妻子
正成为他诗中的另一个词
然书生不胜酒力
疏影横斜,卧倒在洁白的大床
抱着马桶吐过的步子

半夜还要刷一遍朋友圈
然后天就亮了,昨晚
——发生了什么?
合川早晨的雾气还未消散
青青田野,我们并肩走着
语言趋于静默,身体趋于内心
而在无名的山顶
起伏的草木,正是有情者
阳光下的露珠
罢了罢了,下山去吃牛肉面
你应该早就明白

七月纪事

所有的事物都指向自身。

你通过奔波,来理解另一件事的
不重要。通过爱情
来否定之前的自我

还是想顺流而下弄扁舟
散发只是灵魂,秃顶也许
真的有些不好看

接下来就是热。

铜元局轻轨到金辉广场8块
有一辆三轮摩托车身贴着——
"空调"

后来我病了,估计暂时不会
好起来

向雨田打听昌耀、海子

偌大的餐厅里,只剩我和雨田
他来得晚了,而我喜欢留在最后
喜欢看这杯盘狼藉和没喝完杯子的
寂寞。

我们坐在一角,这已经足够
从窗户射进来的阳光
在盘面上轻盈舞蹈
他说不是,"诗歌不是这样写的"

他说话的腔调,喝酒的姿势
好像还在八十年代之中
问及昌耀和海子的情况
似乎诗歌的英雄重又复活

"诗歌……"他终于变得欲言又止
而又开始顾左右言他
我不知道因为什么就先走了
餐厅只剩下他,和他杯中的酒

奉节返重庆路上,想起杜甫

五个小时的车程,车轮看样子
想迈入另一时空。真正的宿命在路上
奉节三天,走深山访古寺
穿过齐人高的蒿草,尖顶上
几尊破败的神像质问着我们
好像只是应该去到那里,好像
今天只是昨天的遗腹子
门外的残碑漫漶,让人对现有
那观点拖泥带水,摇晃着竖立
直到一把斧子从中间劈开
才露出买椟者的无知,而杜甫
一块豆腐,凉拌江山小葱
将太阳沉入江水,不尽滚滚
(月亮是李白的,白也无敌)
白云的铠甲,170×80 之肉身
不合适,头发越搔越短
那为何离开脐橙之甜,具舟出峡
下江陵,渡洞庭
而我的重庆像一节盲肠
短暂瞬间,正是不知还有多少路程
道旁依山而建的房屋

几个农民在劳作
这景象让人化作一阵青烟
后又焦急地变回原形
——从乘物以游心开始

成渝通信
——仿叶圣陶抗战日记

诸友均鉴：

来蓉已近一月，明天的上个月今天

先是住在玉沙路如家酒店

后找房两日。在电视塔对面

新华桥哗哗的流水

而怀疑景致的观赏性和愉悦性

夜里辗转，白天又换房子

加两百，一个还算安静的

我看上了它的光明涌入

看上了它过条马路就到菜市——

人间。昨晚买后腿瘦肉十块钱，

茄子八毛，买馒头一块二。

物价比重庆稍高，秤杆子兀自

打到了我的眉毛。嘴和喉咙

只喝一种叫二麻的高粱酒

理发30块钱，你知道，我已快秃顶

但我喜欢这里天气，满大街的美食

也跑到图书馆，去追寻这座城市的

过往。灰尘中的苦难让鼻子一直流涕

我灵魂的上升是瓶中蜡梅
——亦复偶尔悠然自得

为外婆和老狗旺旺写一首诗

老房子、老人、老狗。
顺着旺旺的目光
外婆,正在里屋安静地吃饭
要不是时间突然停止
墨水怎么会洇了纸面滩涂

硬币另一面,重庆
翻腾的江水和火锅
热辣的阳光与耿直
每天早上,旺旺都在床前把她
叫醒。

外婆是它的主人
也是它的神和上帝,春天——
学着外婆的样子,耗尽年岁
旺旺也没有几次性生活

这直接影响到了更小的
事物。千里之外,我喉结哽咽
哽咽与震颤,动词,中性

它满身的老年斑和老花镜

也一起相守了一生

强·悉达多

强老师自从去了趟英国,吹了次英伦风
小心痒痒的,就不想在重庆这个闷热的盆子
待了
她想去看漂亮的人和生活在广阔的
天地之中,地球的另端
每天醒来,喝0.5英镑的脱脂牛奶
一天的学习与工作
她也是一台机器,忽然想做一台新的机器
另一个地方的自己
翻阅家里没认真读的英籍作家写的书
有意识地背诵莎翁和叶芝的诗句
还一直在微信问我,简·奥斯汀为啥子
不喜欢巴斯这个城市
作为观光客,总觉得伍尔夫批评伦敦欠妥
自己所看到的,文明与文明的差距
她要飞,长出翅膀超越8小时时差火箭
她要写,根须深扎记录半个月见闻大炮
然拉稀摆带,孩子作文考试没及格
被老师罚抄课文20遍夜里早晨陪着
打瞌睡——
端午节快来了,请师傅安装新空调的风

会不会又吹去希腊?
她说,短暂和渺小。

冷雨即景

生命再简单点。冷雨中过马路的
盲拍的两个女孩,正讨论一场电影
不知是否因此
镜头边缘的男生,低头
最遥远的双手插进裤兜

都不重要了,设防也许
一张照片的物理性,抖落人世飘摇
火锅的沸腾中再加一份鸭肠?
我在梦幻的水泥台纵身跃入
止于围炉烤火
不能完成一件最普通的事

悔恨——迟疑——失魂落魄
给这没有献词的岁月

想象一次公交上的纸质阅读

我已离开现场,那些形成张力的事情
已消解。
但我对世界依然保留我的看法
而剃个平头,拿着一个手提袋
到站后,悄悄下车

昨天记

谈话一见面就飘腾在六只眉毛上
老寿眉低垂,形似枯叶
它爱着它的紫砂壶,壶内天地
而任由围坐之口先是吞咽
之后香气从喉咙里爬上来

不谈诗歌了吧,否则
那种缥缈感继续在眉间挪移
但和云不一样,结实壮硕
像极了我在农村的二表婶子
如今她也只是个意象

去江边,是怎么去的江边
人沉浸于各自之镜里
月亮,在自己的圆缺
而斜阳古渡,远处晕黄温和
与新建起来的水泥瞭望柱相生?!

是一个梦吗,餐桌上的黄辣丁鱼问
但不要凭着臆想去过一生
从苍茫的朋友圈,重新

一饮而尽,杯子和杯子碰撞
的声音——擦亮他玻璃窗的霜

寺中临荷有赠

时间正好是六月
我们的聊天在雨声中滴答
忽而停止——
这并非去国怀乡,安然入梦
醒来见一把稻束悬置
生长在高速路上只能狂奔
向前——六月的荷花
开放在哀之外
从淤泥中漫溯而上根茎
和关于理想,同钥匙一起
吊在裤腰带上证明

但生命力是荷花,枝枝叶叶
未开放为菡萏,已开放名芙蓉
远景近景,红绿相衬
清风吹来压低荷叶
破碎于地的正是晶莹之心
——多么美
这不包含清夜独对举世皆浊
荷花的舒卷天真
你被缨枪刺中再入几分

亦不辞谢这人世炎凉
——多么美

读李调元《读祝芷塘德麟诗稿》

总是被生存打断。咬牙切齿
却找不到仇人——小猫转圈咬自己的
尾巴。总是想将生活的城墙推倒
温暖,终究
一头鹿自我捆绑,等待出售

狮子吼处洪钟亦破幽磬
雪山脚下无惧高蹈寡应
正是四塞而通,接荆楚以骚
学中原以史,融秦陇以贾
——"文章我蜀胜"

深夜的灯下,他扬眉出鞘
翩翩。
巴蜀大地升起的烟火
调人生之五味,酸甜苦辣之和
——"前贤我作镜"

进退,只手伸出遮盖了河堋
俯仰,1784年冬获准返乡
笑对青山,青山曲未终了

川江号子是谁,即兴小调又谁
谁谁不美,美在谁谁

总是被活着浸润。痛彻心扉
那人世的道路向我们打开
要做个真心,比如站在了高山之上
又比如在一滴水中
小猫上前,看见了它的照映

两个苹果

1

我边吃山西吉县的苹果边写这首
我是说,唐晋的孤高在于
他知道并明白但从来不说
根本不需一个什么参照
他笑说自己肚腹尽脂肪
我看到的却是平原星空和北风
在端坐之后,我几次站起
以至于要借酒问故
活生生喝掉两瓶泸窖
头疼就头疼吧,呕吐就呕吐
31岁的青年,就该从一瓶风油精里散发掉
(你中有我,我中有你)
而他只轻描淡写——
"沿着我自己的道路走到灰暗"
我是说,那晚我们吃了饭后
在附近的书店转了转
我才看清,他早已成了书中记录
得用一生去阅读的人

2

襄敏姐说我们都是
随时都可以把自己往外掏的那种
这种和那种
在心上种莲花种谷子或丑恶
这种和那种
心的海洋点燃什么
想到这里，我又吃了一个吉县苹果

金牛古道

1

我们带着这个时代的
普遍的特点来到了古道
普遍的游客心态
普遍地转转看看和照相
普遍的内心记着,感慨
普遍的高速公路直通秦地

普遍的世相,普遍地活着
普遍的正义与恶,在网上形成热搜
普遍地又去关注其他
那不断繁殖的另一个自我
普遍地存在着
轻轨玻璃上的影子憧憧

普遍的诗,普遍的差
普遍的言不及物,炊烟袅袅
成了女性的文眉一条
而独轮车碾过的辙凹

像一个具体的人身上的鞭痕
至今还是血色的

2

何之为道?曰以利行人
何之为道?曰示我周行
但如果谁骂我
我也会回敬个粗口

以利行人者无所谓利
示我周行者赞其德风
那些靠力气吃饭,要养活一家老小
那些在上面过路,为活命奔波的

尘埃缓缓
落于一片青草之上
水流万道
沟渠在一念之间

3

我们已知道这梦幻的不易
对其中的兴废或许也早麻木
只看春色,春色已在一代人的衰老

在古道旁的野枝

停下来,思接远古古已去
道路以远,三十三岁青年兀立
双手抚摸着汉唐碎砖
一颗心咚咚咚跳着

道路以远,就应一身轻装
稳步朝前走去
"过广汉、德阳、梓潼,越大、小剑山
经广元而出川,穿秦岭,出斜谷"

我们到哪里去?回到心里
回到最初的源头,活水
黑暗中的声音,一点微光
一路逶迤而来的全部

只有诗篇

道　路

这是一个什么时代
由于众神的缺席而大片的雪
下在了诗人身上
诗人并未觉醒
有的昏昏睡去
而他们的竖琴与马激昂
那不过是昨夜忘了关门
外面的风,把她吹得嘎吱
嘎吱——嘎吱
雪下得更厚了
几乎要把房子掩埋
这是黑夜,貌似白天
这是死亡,好像活着

只有诗篇

诗人流浪到山城拒绝歌颂
诗人常常望着茂密的森林发呆

听夜里的蝉鸣与江上流水
"流水啊累不累蝉鸣何时休"
他是诗人,与人群保持着距离
在诗里居住,要灵与肉的合一
诗与人的合一并爱上月亮的孤独
放下自己,保持活着的稀薄
他要在自我放逐中荡尽无明的习气
没有姓名和照相,只有诗篇。

摇篮曲

诗人,你神游八荒
意欲探寻宇宙的真理
常常在暮色中,我看见你眼神的忧郁
回到肉体上来吧
回到今天的晚餐,这是刚从江上打来的
鲜鱼。
你如此疲惫,没必要
在鱼刺里翻检潮汐的梦幻
诗人,安睡吧,这夜如此宁静
没必要倾听黑暗深处的暴乱
该唱首安魂曲给你
该有一个摇篮两只柔软的乳房

谕

诗人,你怎么如此虚弱
需要依靠掌声和鲜花活着
诗人,你怎么如此虚弱
生怕这个时代将你遗弃

既然自绝于他人,就别
继续表演暧昧
露水干去,荷花还需绽放
露水再来,荷花依然摇曳

在诅咒中完成自我
在喧嚣中抵达自身
诗人,每个人都是一粒尘埃

罪与罚

她不写作了,似乎就可以审判
还在语言的泥淖中挣扎的人
笑他们傻,鄙视他们名利
她每天在微博上晒日子的小花布
如此轻松、得体
而诗人啊,你何曾寻求过庇护

写诗,好像有罪一样
那些冷漠的看客、墙头草、鬼
那些亲戚、朋友和爱情
诗人啊,在天空的深处
传来你歌唱的回音……

镜　子

在镜中你看到自己潮落的脸庞
满堆的枯石裸露,最大的两颗
是黑色的布满血丝,藏在镜框的背后
你看着你的眼睛,如此忧郁
仿佛藏着远去岁月的一股微风
而镜子映现出了这一切
她跟天空河流野火高山蚂蚁
映现了你虚幻的成长与爱恨
赤身裸体?空无一人!
诗人说,跟着我走入镜子吧
那是唯一的窗口,使你找到自己

原　在

当别人都去捕风捉影
而你却立在原地,想看清
那只蚂蚁的脸庞

想亲吻流淌的河水

那被你亲吻过的水滴
映现着你的灵魂与孤寂

你立在原地,万物向你聚集
你就是自己的星光和月
星光和月也有自己的你

诗 人

1

诗人,今天我看到你的脸上满是笑容
是什么让你的血液在血管里欢快流淌
当我想过去问问究竟
我又看见那笑容刹那消逝在唇边

2

当你终于轻松上路
在路边,一双手伸出来
向你讨要爱情

诗人啊,你只有一具肉体
你只剩半个人生

你只有一丁点儿的水

向荆棘走去吧
向血走去
去推开死亡之门

3

诗人,今夜你醉醺醺地回来
你嚷嚷着,脚步踉跄
那酒精在你胸中燃烧
你要一把火烧了这世界
请把手给我,请看着我的眼睛
请触摸我的脉搏
你失去的只能是自己
你能赢得的,也只有自己

4

诗人对神灵说:
我的诗不是一盘美味
她有毒,藏着嗔心

5

诗人,别怪我批评你太天真
既然放飞了白鸽,就不要指望飞回
让白鸽去飞翔,让你的信

成为一种证据,证明收信人在那一刻的
骄傲。起于内心,并在全身扩散
从双脚进入地表。来年的春天
这里肯定长满了荆棘与杂草
然而,白鸽停落在你的手上
已经为你带回远方的慰问。

6

停下你手中的笔回答我
诗人,你这样日夜不停写作
到底是为什么?

"哦,请去问问江河
请去问问蝉鸣"

第四辑

明亮的部分

回乡记

北风吹着我的缺口
发出呜呜的响声

这互相伤害的爱
让人哭泣

安 居

梦境在初阳的雾中消散
爬坡时
一位正在劳作的妇女
喊孩子从屋头取来刚摘的橘子
吴笑冬、李伟杰和我
就结枝挂果
生长在路旁的那棵树上

2016年新春自题

自我的阴郁
一些既定的事实
关系和因之而成的道路

没有荣耀

那是我不深谙现实和命运
巨大的漩涡和悲情之手

没有希望

所以在一开始就决定了
死亡
也不会在腐烂躯体上点赞

做自己的流星
为看不见的你

热

大清同治十二年
估计那里凉快,但也是活着没有一点

办法。
人民就光着膀子吃火锅吃火锅

也有女子悄悄将胸带解下
间或用来打调情的情郎

二流子,口眼歪斜
手抓紧时还是一阵严肃

动刀动枪子,一阵狂舞
然后又是坐下来吃火锅吃火锅

美人迟暮之后
世界吹起了空调,还是美的牌的

贺步子刘静新婚

自从认识刘静,步子从三十岁变成了
三岁。刘静也变成了一岁
成三岁和刘一岁手牵手
去吃好吃的,去玩好玩的
(关于宗教讲到的恶和清晨
关于我们活着的遮羞布)
他们在超市里抓的布娃娃
装满了整个房间

他们一起过家家
你是男主人,我是女主人
新的房子里,床单一定要暖色的
阳台一定要有很多花
傍晚下班回家,一盏灯亮着

嗯饺子,北方甘肃。贵州,就是米粉喽
这是重庆的纵横,夜晚和无尽个雨夜
两个相拥而眠的小朋友
就是为了寻找温暖和伸出手来
他会轻轻地握住——
但愿这不是心灵鸡汤

结婚快乐,做爱快乐
白头到老快乐,活着快乐

馈　赠

有什么不被允许
只要充满善意
即使在并无诗意的早晨
急着上班而打了个摩的
在与吹面不寒杨柳
的快速摩擦前行
一条小蛇从两车之间

啊这城市的僵硬和滞重
以及人们脸上道德的表情
似乎自己的鞋底干净
而踩着油门，一直往那春日

我明白此刻馈赠
双手抓住驾驶员的双肩
他目视前方，偶尔
还跟我说下路况
穿越风的屏障，进入
先是理解了自己和琐屑
之后坠入低飞的云中

这城市的路标与高塔
梦
分隔着木与木头
被摆上案头的塑像
也是摩的带起的风之无心
看它庄严，威武
看它可怜，又一阵风

杜 甫

他一出生,即被父亲教育
——奉儒守官,诗是吾家事
整个唐朝的少年浪漫主义
在一匹马背上,在泰山之顶
理想之小,伸出手即可抓住

旅食京华,只在体内炼就了针
将气球嗤的一下扎破
文化中的幻象,先是
灭掉了自己的轻浮,狂歌托圣
而你是管理兵器的 A

再后来,陷贼与为官,书生意气
应该放在哪里合适
皇恩浩荡,允许你探亲三月
此意萧条,"杜陵"开始接上
"野老"——三吏三别现真容

那么我该如何做自己
圆圆的荷花浮出了小小叶子
细细的麦子始落下轻轻花朵

黄四娘家可有酒喝,自在的
娇莺那是我在啼鸣

但轨道是通往冥王星,你只能
做一会片刻的别人。一个他者
他的眼睛只是盯着低处
只想,用干裂的手护住苍生
盛世的乱离才有了悲怆之音

那不是李龟年又唱出来的
那是面对三峡,激荡江水
杀伐般向前走去,时代、个人
运命——统统,他老泪纵横地
记录了下来,题名秋兴

大叠水或九龙瀑布群

一生与水有关。海中金命
流淌——流经晋北的桑干河,自我成年
逐渐枯萎——流淌
求学的登上太白山顶,呜咽阵阵
红河古道顺势,让我独自返回
我于母亲的沉睡大地,暮立冬日汾河
流淌——翻秦岭,入长江
在一座古庙中打破自己,流淌
又重新结了新的疤痕
那写诗是做什么呢?问到这个问题已经
太晚了,流淌流淌——
漩涡螺旋、升高,水柱直通乌云
有时就是瞬间,有时又来到曲靖罗平
在九龙河前,逗留,弯腰耍水
明白微弱的灯盏,流淌流淌流淌——
然后,独自返回

散怀抱

我没去过遂宁,以前也没想过去
去不去,不知道
过自己的窄日子,天光像立式刀片
在两眉间一分为二
一半眼睛眉毛一把抓,一半眼睛胡子眉毛
和嘴,一把抓哇呀呀呀
去没去过,没有,以前有人让我写诗
赞美那里的荷花,我写了
写完就没我事了,忘记了又半想起中
上周五晚上正吃火锅,蒲小林
(火锅和蒲小林?)
我觉得可以借机去看看,螺旋桨式的
小电钻刚好打了一半水泥墙
管他,多少,我也可以做个普通人

追　逐

靠吃外卖活着的,最后活反了
这不是一种因果关系

要真正实现一个人来,一个人
走。

做菜也有小宇宙,去超市买
洗,切,西红柿炒全世界

我的一个锤子朋友,他已结婚生子
另外的角度,恰在诗歌的蓝色核心

为什么是蓝色?我
推动了多米诺骨牌

理想是屁股,圆形,肥美
早上我跟着走了很久,以致迷路

还暗自高兴,打跳
灰尘,粉末,赞美

青城山的水为什么没有鱼

但那天看到湖水的兴奋略大于
安危。人,
从琐碎中走向对面整体,融入
看着清澈的湖水
相信自己也清澈起来
还傻傻地问船家——为什么
这青城山的水没有鱼

要是昨天,我还准备这样来写:
"你走在天上,你梦
你的头顶朝向大地,开花"
而船家顺着古老的道理攀援
我觉得我问多了,应该只有问
这才接近于一首诗

明亮的部分

为什么不轻松一点呢?
事物总有倒影,而你刚好在阴影中

保持单纯、善良、谦虚
永朝着事物明亮的部分

处 境

花朵感受到了冰霜
凝重。像两个下垂的奶
在大慈寺的药师院里
忍着,静立,舒展
保持花朵的形状

劝　慰

词不达意。问题
不知是生活还是诗歌
一只小橘猫
还是快要亮了的清晨

时间推动，浮冰
而我信奉着燃烧
在低头弯腰的劳作里
并不等同于果实

见过自然的盛大
风吹四野，松影摇动
蒲公英的种子低空滑翔
乌鸦叫了一声

出于自性的地球
何时有了灰色的担忧
怀抱有情世界众生
面容冷淡平静

如果能从地平线

抬高一眼看去
依然是一只橘猫
入夜,流水和在流水中

清明前夕,地铁口见一残疾人声嘶力竭卖旧报纸

于沉默里
慢慢长出盔甲

所受过母亲和寺庙生活的教育
此场景让人痛心

互相给予的现实
天平打翻牛奶

我有时只舔舔手指
有时想骂一句狗日的

酬左兄中秋来访又启,次日作

是的,就在某刻
黑暗中,我的手摸索到了
那个置我于死地的枢纽
身体前倾,灵魂
被一条绳索死死勒住

此刻非此刻,此刻乃下一刻
嫦娥于月宫摇落桂树
桂花在早晨落了一地
接着落下的是秋雨
压在遍地桂花上
一只猫的软垫脚踩在了雨上面

你大大的人世,活自己微弱的光

夜 行

一次喝酒中，一个朋友
恳切地对我说过的话
在星光村，不知有没有星星
很多人走在一起
走着走着，你我走在一起
那些话，你也对我说了一遍

我相信这些话来自秋天的土地
来自枯萎了的玉茭叶子上
很老了的毛毛虫
来自你披散的发丝飞动
和幻象中的闪电接触
风从这边吹到那边

怀疑人生吗，看我
也在陶瓷的杯盏有了深暗的
颜色。却是汤色清澈
喜欢孤寂一人，于深夜长坐

厌倦日复一日然枉费心情
就一起在黑夜中走

没心没事地走，你和我
我又和他，她又和他们
地上捡起一朵小花，随手拿着

与汉家吃河南烩面

两个男人对坐下来
生殖下垂
两个大碗端堂上来
热气腾腾

我天生左撇子
他在人群中保持右手
筷子像同一起跑线
还没听到枪声

在碗底
他满头大汗
而我
已经是两眼泪水

妈 妈

那晚路上遇见只青蛙
不,是癞蛤蟆
它挡住了我的去路
不知怎么
我忽然脱口而出:妈妈
但我忍不住对她
不,对它的厌恶
眉头一皱
绕道径直走开了

面 具

如果让我表达我,我想
不用想
早上骑自行车,在骡马市地铁站附近
如果没记清这个地方
胡乱地写上,
将沿着和你们想象中的路线
相反、扩大弧线
把一吨重的书晾晒其间
慢慢又记起了那是西玉龙街
了。在行进的核心,左转右转
始终同一副面孔。
风吹动剃须刀在白菜地里长成
白菜
而我将领受这一切,平和与肉割

三年一晃,重庆又见,再致梁师

划船的桨摆得重了
划船的桨又摆得轻了
日子的刻度隐隐

远远望见您,正是金银木
枝条繁茂,叶色深绿
"味甘性寒,祛风清热和解毒"

我不能准确表达我的感情
深觉离时间更近了

得自在华岩一杯滇红茶
看长风龙湖一桌清简味
走马洪崖观花夜色

漫漫返程不舍嘉陵江水
缙云山下话别诗亦人生

每个人内心都有一个孩子

你,不是谁
春风吹老脸,回家吊秋千
忽然云失色,一串长鼻涕

孕育星星和彩虹
豢养豺狼与狐狸

朝阳照你,你又照我
我还给湖水及大地

定格天真长梦
神性的部分,老脸变花脸
半斤芝麻,半斤西瓜

星辰的咏叹

体内再也没有积雪
车子是车子,人是人
母亲就躺在这两边青山下
她因病痛而扭曲的脸
一直朝向着我

我的人生已经漂浮起来
画句号或另起一段
那个抹鼻涕的少年
冬天双手红肿的少年
还在做着追蝴蝶之梦

栀子花在等待开放
小鸟练习飞翔
从岁月深处吹来一股风
将星星的尘土擦亮

图书在版编目（CIP）数据

花期 / 吴小虫著. -- 武汉：长江文艺出版社，2020.11

（第36届青春诗会诗丛）

ISBN 978-7-5702-1874-5

Ⅰ. ①花… Ⅱ. ①吴… Ⅲ. ①诗集－中国－当代 Ⅳ. ①I227

中国版本图书馆 CIP 数据核字(2020)第 205385 号

特约编辑：寇硕恒
责任编辑：谈　骁　　　　　　　　　责任校对：毛　娟
封面设计：璞　闾　　　　　　　　　责任印制：邱　莉　　王光兴

出版：长江出版传媒　长江文艺出版社
地址：武汉市雄楚大街268号　　邮编：430070
发行：长江文艺出版社
http://www.cjlap.com
印刷：湖北新华印务有限公司

开本：850毫米×1168毫米　　1/32　　印张：5.25　　插页：4页
版次：2020年11月第1版　　　　　2020年11月第1次印刷
行数：2772行

定价：46.00元

版权所有，盗版必究（举报电话：027—87679308　　87679310）
（图书出现印装问题，本社负责调换）